왕세야

왕대야

ⓒ 김홍식, 2026

초판 1쇄 발행 2026년 2월 28일

지은이   김홍식
펴낸이   이기봉
편집   좋은땅 편집팀
펴낸곳   도서출판 좋은땅
주소   서울특별시 마포구 양화로12길 26 지월드빌딩 (서교동 395-7)
전화   02)374-8616~7
팩스   02)374-8614
이메일   gworldbook@naver.com
홈페이지 www.g-world.co.kr

ISBN   979-11-388-5511-2 (03810)

왕버야

숨기고 싶은 마음 창문틀 너머

김홍식 지음

좋은땅

목차

좌구 ···································· *9*

사람아 ································ *10*

오늘만 ································ *12*

나고 삶 ······························ *13*

당신 2 ································ *14*

바람 ·································· *16*

歷史 ·································· *17*

사죄 ·································· *18*

작별 ·································· *19*

고두사죄 ····························· *20*

장마 ·································· *21*

당신과 나 ····························· *22*

1절만 ································· *23*

곰소멸치 ····························· *24*

정작 ·································· *25*

밥상머리 ····························· *26*

겨울 ·································· *28*

상고대 ································ *29*

2025 눈물 ···························· *30*

머리끄덩이 ···························· *31*

명이나물 ····························· *32*

안녕히 ···················· 33

뫼산 ······················· 34

그리움 2 ················· 35

새가 날다 ··············· 36

묻거든 ···················· 37

속성 삼원칙 ············ 38

설야 ······················· 39

아카시아 ················ 40

손 ·························· 41

쉬운 말 ·················· 42

그리움 ···················· 44

무명초 ···················· 45

당신 ······················· 46

2월 ························· 48

고로 고작 ··············· 49

양자역학 ················ 50

시절 ······················· 51

회귀선 ···················· 52

대천항에서 ············· 53

그리워하다 ············· 54

나무 ······················· 55

여인 떠나다 ···················· 56

기독을 위한 구원 ············ 57

악마와 대화 ···················· 58

와릉 ······························· 59

무의식 ···························· 60

질문 ······························· 61

버르장머리 ····················· 62

매생이 운두병 ················· 63

굴뚝 ······························· 64

날바닥 ···························· 65

냄비 ······························· 66

실개천 ···························· 67

分秒와 동물 ··················· 68

비가 오시면 ··················· 70

더한 사랑 ······················ 71

설탕 ······························· 72

2026 신수 ······················ 73

인생 ······························· 74

너 ·································· 75

여자 ······························· 76

노후 대책 ······················ 77

눈사람 ·················· 78

딸바라기 ·················· 79

느림의 미학 ·················· 80

기원 ·················· 81

누이야 ·················· 82

연생捐生 ·················· 83

동공 지진 ·················· 84

좌구

차분히 둘레길 도보하다
수양버들 맞닥쳐
안아 주고픈 껍질이여

수만 개 자아가 일으킨
세월의 화두
정태적이나 입때껏 움직인다

불 없어도
어둠 속으로 걸어가리

이파리 속속 부처가 미소 짓고
봄새가 비목 위에 내린다

사람아

무질서한 조각이 얽혀서
작은 범위 형성되고
사람 만들었다

아예 확보된 사연
나도는 일면을 조율하며
숨 쉬고 싶다

나다니지도 못하겠다
밖에 있기가 싫다
지나가는 아는 이 만날까

생태계에서 사람은
이랬다 저랬다
가만히 있어
사는 게 방법이다

누더기 마음
알릴 필요야

무표정으로 바닥만 본다

걷다 보면 헤매인다

오늘만

어느 당신아
가슴 한구석 빈자리 조금
만들어 주라

맨땅 지붕 삼고
숨결 공기 삼아 살아지리니

아는 당신아
가슴 미어지면 빈자리
삽자루 박아 덮어 버려라

고이 흔적 없이
남아 있지 않겠다
이름 석 자 하루는 잊겠다

나고 삶

과거가 있고
현재하지 않는
미래는 알지 못한다

사각형 틀을 짜려고
굳이 나무를 찾지 마라

나무는
무수히 근처 일대
선택은 여기 있다

당신 2

까치밥에
갈대 눕히지 말고
낙엽은 미련 없이 떨어져야

은거에서 벗어나
수행에 나서며
아름다울 자학이다

잘 지내고 있지
살고 있느냐 설문 않겠다

그냥저냥 있다고
그래야 된다고 빌며
기억 말고 살아야 한다

애처로운 생과 삶은
눈물짓는 것 아니다

나 살고 죽고

너 살고 죽고

좋아하던 이

아는 사람 아니라고

바람

사그라지는 봄에
다 오는 겨울을 가두어
품속에 보듬는다

머언 여행을 떠나가는
휘모는 바람
끄트머리에

매듭지어 아울러 가자
바람은 분다

歷史

먼 곳은 보이는데
행보가 어렵다

문지방 넘어가는
성쇠를 잡으려다 엎어졌다

나의 역사를
묻어 둔다

사죄

가로 세로 십자목에
고꾸라진 자갈밭
둘러메은 무게는 어림없는데

당신 바라 향한 길
쉽사리 흘러간다

하얀빛 몰래 묻어나고
땅바닥 기어가
어둔 장막 속 가리니

무한히 반복되는
뻗어 보는 손바닥

작별

피고름에 맺힌 恨
잉태되고 말았다
용서로 묻어질 장소
잘못했다

원하지 않았다
터진 눈망울
연옥은 덮쳐 왔고 내밀 수가 없었다

빈자리는 당신이 떠나야 한다
잊으면 속 시원할까
영혼 거둘 힘 있다

고두사죄

꽃 화분이 많았다
땅거미와 집어넣고
새벽에 꺼낸다
학교 가야 한다

엄마가 너무했다
꽃이 좋아졌다
죄송합니다

장마

잔인한 해와 달 아래
만들어 본 하루가 죽어 간다

어슴푸레 밝아 오는
느낌이 사라질 때쯤
산마루 걸친 별빛이 두렵다
마감을 해야지

하늘에서 비가 내리면
줄기 타고 떠나리니
마중물 붓지 마라
빗줄기 애를 쓴다

당신과 나

당신은 새끼손가락 잡으세요
앙증맞은 모든 것 기대며
웃기만 하세요

살다 보면 되리라 믿어
이렁저렁 머물러 보았습니다
힘들었군요

당신 눈동자 볼게요
영혼 그 호수에 던집니다
내나 갖추지 못한 삶
당신이 나인가 싶어요

달님도 미지하여
천칭자리 별은 찢어지며
우리는 과거 속에
비문마저 못 세웠군요

1절만

1절 가다 보면 다다를 줄 알고
　　마냥 걸었습니다
　　부은 다리
　　주저앉아 깨달았습니다
　　나가지 말았어야 할
　　길이었습니다
　　돌아서면 용서될까요

2절 너의 그림자
　　짓밟은 발자국
　　신발을 벗겨 버렸다
　　맨발로 살아가며
　　잊지 못함이
　　초라함

곰소멸치

이별은 달랑 한마디
정해진 순차도 없이
일어나는 고통이다

이왕 참아 왔던 것
그리 살아가라고

눈물이 방 안을 채우나
곰소멸치 사러
밟을 땅마저 아파
이거는 못 참겠다

정작

보고 싶어 잊을 수 없을까
물어도 보았다
속답이 어쩔 수 없다 한다
엉망진창

당신이 나와 살았습니다
거짓말 끝내 갔지요
그대로 아픕니다

살아 있는 바람
숨어 있을 당신아

여기서부터 그리워
만신창이 되어 갑니다

밥상머리

청양고추 홍고추 기막히게
부추전도 먹고 싶고
소고기 달달 국물 자작
불고기가 잡아당긴다

칼칼 입맛 맞는
동태찌개는 어떡해

이 반찬 저 반찬 갱탕 그릇
따신 밥 수저 드니 눈물이 나는가

꼬꾸래미 석쇠 구워
밥 한 상은
도로 만날 수 없는 그림인데

엄마 먼저 가
한 국물 입안에 넣는 게 힘드네
목구멍도 타고 넘지 못하고

어떻게 지은 밥상이래
업보가 가득 앉았구려

겨울

눈송이 내리박던 겨울인데
당신과의
시간 지연 때문에
된바람만 어루만진다

미래로 가서
역행을 하면
당신 만날까

광원뿔을 비틀어
만날 때이다

상고대

상고대 나무 서리는
붙들린
한순간 삶인걸
바람이 멈추고

맨살에 옷 입은 물방울
뚝 뚝
땅바닥이라도 존속하기를
소담스레

아래서 공기가 올라오면
위에서는 추워지고
상고대는 또 운다

2025 눈물

샐녘에 노파가
재활용품을 모은다
소란스러움에 잠 깼다

창문틀 손 얹어
가만가만 지켜보다
눈물이 났다

엄마는 죽어도 바다가 무섭단다
수평선 망창 닿으라고

엄마가 죽으면 산에 뿌리란다
산에 들에
피는 꽃이 이쁘단다

나의 엄마가 노파 앞서
살다 가셨다

머리끄덩이

주검을 생각하지 않는가
사시이비 말하지 마라

생명의 계속은 안타까움
뇌중에 박혀 있는
죽음도 소중히

울부짖는 마음 이론은 다르고
기위 알고 있었다

당신 행복합니까
니힐리즘은 아니다

명이나물

명이나물 다 따지 마라
한 대는 남겨 놓아야지
그리움이 땅속에 숨어 있다

파아란 색은 눈빛이고
오똑한 줄기가
손길이니
뜯기더라도 행복하다

어느 정도 님의 맘속에
떠날 날만 기다린다
그예 발밑의
흙을 털어 낸다

안녕히

신세타령 한 번만 하자
비가 오시는 날
엄마는 죽은 아빠가 보인단다
손 잡으란다

이대로 죽어가 만나려나
당신 볼 수 없는데
해맑은 눈동자 왔다 갔다
자장가 불러 준다

자장 자장
고우디 고운 엄마 소리
뱃속에서 이미 들었었다

뫼산

하늘에 붙은
별빛이 떨어질까
두려워 떨고 있다

아무리
아무래도

거죽도 없는
산에 말한다
잘 있으라고

그리움 2

어떡하니
집 앞에 왔는데 들어가지
못하고 서성서성

당신 없는 문 안은
십육지옥이려나

발걸음 돌려 할매
구멍가게로 간다
소성주 한 잔 마시고
당신 겉모양 번지면

딱 한 번
보았으면 한다

새가 날다

모를 줄 알았니
앵무새 깃털 사이
숨은 당신

뒤쪽 연못에 윤슬이 불타면
포근스레
구름 윗부분
그 새 올리리다

떨어지는 당신은
사랑하는 님으로 하리라

묻거든

어지러운 발걸음
정렬하며
왼발 앞으로 오른발 앞으로

풀어진 끄나풀 매어 주며
만져 보는 당신 발목

나이 든 생물의 순서는
문득 사라지는 것

조리개 물 붓듯
징비하지 못 한 탓
몸 돌려 서쪽으로 나아간다

속성 삼원칙

배가 고프니
먹는 게 생각나고
죽을까 봐
먹을 걸 챙긴다

심장 아프면
너를 각인하고

야속하면
하늘을 불평한다

외로우니
보고 싶네요
미치겠다

설야

보내고 나서야
붙잡는 내가 밉다

샅샅이 가슴
뜯어 보아도
붙잡고자 했다
사랑했었나 보다

눈 녹은 봄이
욕한다
너의 마음 바라지
않아야 된다

아카시아

거세게 보내고 나서야
헤어짐으로 염오하는
좁은 사랑이다
마음 안에 위로하자

닳아 없어질 심장
공간적 허공에 대고 끄집어낸다

기다렸는데 어색하다
아카시아 꽃이
핀다

손

옆배기 당신이
어깨만 감아도
울 수가 있겠다

펑펑 울어 까닭도 짧아지면
당신 손 잡아 본다

손 주먹 한 줌
펴서 다섯 손가락

만지작대다
방금 잠 깨었다

쉬운 말

갓 떨어진 은행잎 밟으며
자빠질까 살짝 걸었다
넘어질까 돌담도 짚어 보고

눈 감고 보고자 하며
냄새도 모르고 향기를 맡겠다

눈물 나면 안 돼 꼬옥 감았고
팽나무 반가워 단단히 잡았다

귓구멍 막고 능히 듣겠으니
입은 있으나 마나

욕먹을까 상처 줄까 피하기도 했다
뜨거운 냄비
넘치게 절대 담지 않았고

당신께는 먹히지 않았다
쉽게 떠났다

그리하여 육신의 형체로 살다 가리라

그리움

멀지 않은 가까운 곳에
있을 거지

홀씨 타고 된바람 시하
옆에 다다르나

빗방울 잡아
팔랑 치마 적시울 때
옷고름 냄새 맡을까

까아만 석양이
뒷산 등에 너무 숨으면
꿈에서 깨어날 거다
분명 당신 보았다

무명초

냄새가 가시지 않아도
잊었다 하지요

무명초 내음은
어느 손마디
닿았던 흔적입니까

당신 잊었습니다
나타나면 아니 됩니다

떠나 보낸 이 있어
돌아 올 수 없는
곡절입니다

당신

해가 뜨면
그림자 길게 만들어
당신과의 노끈으로 할까

뒤범벅 우연을 시간으로
적분하여도
도중에 끊어지면
남은 길이는 노느매기일까

만나고 헤어지고
애착은 없다만
담쟁이덩굴마냥 온몸을 휘두른다

아롱아롱 빗방울 잡아
가녀린 발걸음 막아 보려니

까만 바람 석양마저 데리고 가면
당신 보이지 않는다

기억은 파편되었고
시치미 뚝 떼고
원망하고 산다

2월

흰 눈처럼 소스라치는
모양새
2월을 닮았다

바람보다 먼저
달아나 보자

추한 모습
보이면 안되니
떠날 수 있겠다

당신과 나
만날 필요가 없다

고로 고작

까치밥에 대갈대 눕히고
은둔에서 만행 가면
다시 올 수 있을까

지독한 애증의 관계는 버렸지만
숨쉬는 것도 몰랐어야 했다

백일초 뜯으며 들킬 수 있는 마음
구태여 붙잡고 흩뜨리니

고작 좋아하던
사람 아니었습니다

양자역학

나의 감각은
당신의 시간입니다

내가 아픈 만큼
그리저리 아파야 합니다

나의 시간이
당신 만큼 서글픕니다

살다 보니
이런 날도 다 있습니다

시절

적은 시절이
눈앞에 초간하니
남강노인이 저렇게
쫓예오나

그랬구나
거칠었겠다

조랭이 물 한 가득
후들 후들 들이붓고

바람 잠잠한 하늘가
따라가 보자

회귀선

땅속으로 기어드는
꽃송이가 과거로의 회귀인가
얼핏 대낮에 별빛 내리내리
눈앞이 어질하고

얼음장 뚫고
졸졸 시냇물
뒤 모가지 댕겨 잡으니
심장은 벌렁인다

말하지 못할 바람결은
나중에 다가오라
참았던 고통 사그라지면
창문 열겠다

대천항에서

부어지는 바람결에 만났지
세찬 물결 앞
익숙한 여자의 냄새

이렇게 될 줄 모르고
백사장 누울 때
고통은 감내하였지

얼핏 만난 새벽에
파도 사이 숨어 간
마음만큼 선 넘은
당신 보았다

헤어지자

그리워하다

그리워하는 모습 보이지마라
울게 된다
추억하는 모습 아프다
나약한 모양새는
살기 힘들고
병들지 마라
자신조차 잊어 버린다
그저 사는 게 방법이다

넌 결코
사랑을 하지 않았다
회피하지 마라
난 사랑했다
핑계 대지 않겠다
너와 난 차이가 난다
우리가 못 사는 까닭이다

나무

짙은 나무에서
익숙한 향기의
새싹을 본다

낙엽이 벌써 보이면
발밑은 얼어 있고
그녀도 사연 많다

나무가 나와 되니
아직 더운 여름이
오지 않았다

여인 떠나다

저만치 걸어 앞서가거나
그대 고의춤에

나의 손 닿게
보시시 허락받을까

바람 부는 때 새풀 누울
한 두둑 이랑 보이면 멈춰요

등성이 안개 쫓아오면
목을 돌려 마주칠

하늘하늘 치마
여린 팔목 숨긴 여인아

기독을 위한 구원

하느님
지혜로운 자식의 손길을
느낍니다
두렵지 않게
찬양을 하리니
나의 삶 인도하소서
믿음으로 무사히
방황하지 않으리다

악마와 대화

뒤지면 형체도 없이
사라질 골육
혼미한 정신에 손짓하더나

이각 타고 흐르는 소곤소곤
나비가 날고 꽃이 만개했었다

사나흘 후 깨어나
이부자리 땀자국 선명하니
흔적이 낯익다

선한 악마를 만났었는가
나팔꽃 들고 천사를 부르면
늦었겠는가

와룽

깨진 기와 조각을
붙여 보아도
모양새가 나지 않는다

오지 마라
와룽은 만드는 것이
나의 책임

살아온 집
구석
어디에도 없는 기와

무의식

두꺼운 바람이 일어도
익숙한 향기의
生이 피어나면
계절은 변하고 말거다

의식 하저에 있는 것을
찾아간다
당신들을
의식적으로 들여다보았다

과죄할 사람
나서라

질문

담론적 상당히 그렇다
어떠하게 하니

프리드리히 빌헬름 니체가
울부짖은 걸
神은 알고 있을까

반복되는 습관은
神도 차근차근
기어들게 만든다

버르장머리

아빠라고 부르진 못했다
죽은 아버지
평생 아버지

어머니라고 말하지 않았다
살아 엄마
죽어도 엄마다

새끼들에게
할아버지 할매

육십갑자 엎어져도
못 고치겠다

매생이 운두병

그리움이 가을까지는 갈까나
으악새 불타면 잊혀질 텐데

바다에 얽힌 매생이 만져
깊은 물에 종신을 적셔 본다

쩨쩨한 물 손끝에서
등허리 껍질에도 스며든다

알겠다
안타까움은 겨울까지만
매생이 한 움큼 갈래씩 풀어라

남은 시간은 숙제이니
기어이
수제비 한 뭉치는 띄워 볼까

단장판 떼어 내
기억에서도 찾을 수 없다

굴뚝

밑동네 개비리길을
지루하게 걷다가
엎어진 김에

갓끈동부 머리 잡고 일어나다
웃동네 굴뚝이
연기 춤을 선보이면

바지춤에 다다른 그림자
삭은 울타리에 얽힌다
얇은 배추전 부치려 쫓아가면

양은 도시락은
이미 녹슬어 있더구나

날바닥

두 발로도 내딛지
못하는 땅 위에서
허공만 훑어 보나

손아귀에 멈춰진
너희들의 역사는
산 아래 귀퉁이
애먼 사랑이더라

그러자
너무 억울하겠지만
마음의 구석빼기
어루만진다

냄비

오늘은 종일
기억을 되새김하여
입이 아픕니다

멀찌가니 하늘이
그만하게 멈추었다
심장이 아팠다

빈 냄비
그러게
배도 고프지 않터이다

실개천

추억은 더듬지 마
시치미 뚝 떼고
지 맘대로 못 하는 애정이다

궁금한 건 팔짱 끼울 수 없는
우리 설움 간직할까

세월 거리 때문에
품에도 안길 수 없겠고

코스모스 삼키는 물안개
오늘은
밉게도 극성이다

分秒와 동물

늙음은 노력하지 않았다
일 년 삼천만 몇 초

우시장에 다다른 소
결코 산책하는 게 아니다

내빼 버린 젊은 시간
대략 십구억 몇 초

닭장 빼앗긴 수탉은
꼬끼오 할 수 없고

나머지 몇 억 초는
서러움 뭉개는 마음

손 벗어난 고양이
집 못 찾는다

착각하지 않고자 핑계 대다

몇 초 써 버렸다

가슴에 수놓았던 사람
두 번 만나지 아니한다

비가 오시면

빗방울 보태 후드득
몸내도 훈김이 가물해서야
주기적 사랑을 알았다

멀지 않은 곳에
그리 맞으며 터벅
살갗 닿았던 사람
남이 되는 데 짧은 시간

당신 없으니
사는 게 집착 없다
드디어 느껴지는 감정이다

더한 사랑

뒷머릿결 만져서
빗겨 주니 가만히 있어요
순차 없는 작별 아름답게

방문 향한 커피잔
면경 띄워 이쁜 얼굴 봅니다

회피하지 않은 입맞춤
만판 떨쳐 내고
멀뚱
당신의 사랑은 충분했습니다

설탕

설탕을 낯가리니
달게 먹지 마라 잔소리
가벼운 눈 흘김

대신하라며 건네던 과자 봉지
한꺼번에 두 봉지는 안 돼요
왜 몰랐을까

찬장에 설탕이 없다

2026 신수

바람 날려간 홀씨
다다른 일생 원망하지 말아라
운명이라고 하며
씨앗이 되지 말았어야 했다

미식할 시간 없이 별반 없이
십간과 십이지에
밥숟가락 놓고

좌청룡 지국천왕
우백호 광목천왕
남주작 증장천왕
북현무 다문천왕

하얀 달빛 주섬주섬 사통팔달
초래해 본들 끄떡없다
시커먼 호숫물 입 벌리고

인생

어거지 머무르기 싫어
지나가는가
겨울이고 여름이다

잡아도 되지 않는가
에에
층층이 사연 올라간다

서쪽 사신 쫓아내고
동쪽으로 피하고자

다다르니 흰 무덤
할미꽃
만발 웃는다

너

놓아줄 때가 언제일까
시간은 가마득하고
태고가 발아했었다

나를 만들고 너를 만들고
만나지고 헤어졌고

기도할 수 있다면
질긴 연줄 끊어야 한다
여태 시간은 있다

추억이 구름처럼 모양지고
아픔은 바람같이 흩뿌린다

여자

사라진 여인을
꿈에서 봄 그래요

묵은 장롱 내면 아래
곁옷고름 꺼내 볼게요
냄새나는 꼴도 볼게요

연잎 한 장 쌀밥 한 수저
똘똘 감아 입에 넣어 주고
옷고름 입술 닦아 줄게요

땅거미 어스레하여
흰 연기 오르면
양태적인 손길로
집어넣을게요 잘 가요

노후 대책

SNS 보아라
이삼일 날 약력 바꿀 테니
늦어도 일주일

꽁무니 게시 없으면
문지방 넘어와 대하여 다오
잔인한 충격은 아니다

덩그러니 휴대폰 집어
사람에게는 알려 주라

동안에
고마웠습니다

눈사람

예니레 후 겨울이 오면
짙푸른 소나무를 채탐하여
눈사람을 만들려오

녹고 녹아
틈새마저 다 막으면
소나무 죽어 가리

그제사 엄동이 나타나고
눈발 억세게 생기면
맞이할 테요
다 타서 거뭇한 눈사람

딸바라기

아빠는 네게 먹이고 싶었다
건강하기 바란다

아빠는 네게 가르치고 싶었다
삶을 알아 가기 바란다

아빠는 네게 이쁜 것만 보여 주고 싶었다
사랑을 느끼리라 믿는다

아빠는 네게 모두 주고 싶었다
잘 살아갈 줄 안다

아빠는 네게 아픔도 주었다
웃으며 보내 주리라 확신한다

느림의 미학

시발 자동차 타고 간다
자전차 타고 가나
나는 걸어간다

아픈 옛날 강녕한 과거
그때는 그랬고

모두 귀착하겠지만
나는 둘레 세며 갈 거다

내일은 아니다
지우개 들고
오늘을 사는 이유이다

기원

참 넉넉히 울었습니다
한 번 맺힌 지복 때문에
울었습니다

다 할 수 없는 당신이라
울다가 느껴
또 울었습니다

행복하리라 믿습니다
딱 내 눈물만큼만
희열
느껴야 합니다

누이야

클 때 고마웠습니다
유전자 섞이지 않은 누나들

미영이 누나
동숙이 누나

당신들 떠났나
내가 떠나도
기억하겠다며

연생捐生

두루 살펴 남김없이
빼지 않고 줄 터이니
하나만 다오

해가 돋으면 그림자 만들고
당신과의 영역으로 무궁 머물 줄
옮겨 갈 준비를 했어야 했다

당신이 보이지 않는다
세상 모든 소리
더는 지껄이지 말고
시대정신을 범하지 말고

동공 지진

눈망울 잊으면 된다
길게도 맞닥뜨린 눈동자
상금 남아 있는다

그저 잊으면 될까
그거 없어질까

하늘을 본 적 있다
居之中天 갈수록 넓어지는데
당신 꿈을 꾸었다

사라지기 전에 빌었지만
언제 볼까요